骨鯁集

Khu Ka Qaraw Qulih

黃璽

Temu Suyan

漢語詩集

謹以此書獻給

已故的父親

已故的母親

我時常想念你們

Masbul 詩并序

卜袞．伊斯瑪哈單．伊斯立端
Bukun Ismahasan Islitu

給 Taimu Suian（黃璽）的序（這是我高雄布農郡群語的說話語音），以詩為序，或許是我對黃璽的最好的序。Masbul（河流匯聚處）這首詩或是 Post-Bunun（後布農）的我的面對，給 Taimu Suian（黃璽）。

很高興黃璽銜接了曾祖父 Piling Suian（日本人統治 Slamaw 時期某段時期的頭目）的泰雅民族的靈魂。銜接，是當下原住民各族在殖民國家中華民國解嚴後更艱辛苛刻的課題，「民主」、「自由」並不會在政治的實體上解殖，何況是「心靈解殖」呢？文學是除了革命以外的出口。魚刺，鯁住或吐出來或者是吞下去呢？

Taimu Suian（黃璽）的詩以不同面貌的語彙和方式述說masbul（河流匯聚處）的時貌和可能性，這是當下年輕輩原住民們生活在這殖民政權下的實境，謝謝Taimu Suian（黃璽）以文學方式呈現思維的高度，期待更多的文學創作問世。

Masbul

Valangvisvis   bitahul mas haidang
Mahaiding a kainasnasan mas mata
Malalia a kaihuzasan mas sinpisvandus
 kuus

Kakauan matitindun minlukishanitu
Lanalamungan a ubung
Itu tamahudas tu tininbilvaan

Pailis'unis paikamavalaan mas painkaunan
Sinsuaz ngadah siaan lang'asun tu lipuah
Paitingaanan mas patuhazam

Nauik tu pasitatau mas tamaina
Halinga mas patasan

Habu mas kamasia
Siuhsiuh mas mi'avaz

Makusnamahailavlavin tu mata san'apav a
sanpizing
Maszang mas malaingas tu labian tu itu
talabal tu sing'av
Tu'i'a a ithuu'
maszang mumulas tu laas tu kaidanghasan
tu na is'antalas talabal
bitahul mas haidang
Masbul

Bukun

河流匯聚處

天注的姻緣　　葫蘆和血液
眼睛做的水平是斜的
柱香禱告所唱的歌是走音的

製作梯階　一直編織　變成了茄冬樹
胚胎降落在祖靈之地
是盤古蟾蜍所閃的雷電

屬於女婿的歸屬應允和灌注母親祖靈的印記
種植在台灣欒樹的花裡
八度鳥取的名

我原本就和父母相伴而行
語言和圖紋

火藥和糖果
喘息和自由

從鏤空了的眼睛的地方散發出蘭花
就像光亮的夜裡夏天的聲音
貓頭鷹鳴叫著

就像蛇草莓果實要迎接夏天的的紅色
葫蘆和血液
河流匯流處

翻譯 卜衮

一個口令，幾個動作

當兵最討厭整天被管，「長蟲啊！」「還在碎動啊！」（我其實不確定是碎動還是祟動）。也因為十二個月這樣無魂有體撐過去，一回想起來就變得嘮叨，我也不想這麼樣。隔壁的機步營，有一個壯碩嬌俏討喜的阿嘟，他在營區內送公文的時候，指揮官遠遠看到他就喚他「A-mei！」我嚇到，又羨慕無比——仕宦當作執金吾，當兵要當小阿妹。話頭看起來雖是扯遠了，但這樁記憶裡確實有一些「遺產」、「管轄」、「破壞性的禮物」在出力。

原住民也常常被管，需要呼吸部落內情感、倫理、哲學、神聖的空氣，不時也會有一些部落外吹送過來，「你可以不聽，但放在心裡會烏青」的風聲。當兵總會退伍（雖然所謂一生國軍、終身國軍），當原住民可以「除民」嗎？（我可以當「後備山胞」，召集才出現？）

鄉有檻樓，想遺勘——

於是誰都不敢保證了（至少我啦）。有時想說，反正我誠懇一點、有力出力、得過且過、老老實實做個年輕人，應該可以吧——誒可是四十一歲了，不是很年輕了捏。因此讀到黃璽《骨鯁集》的時候，我肅然起敬（看見祖靈、經典、耆老），卻又忍不住碎動，因為一定是有戰火在心內燃燒。乍看之下，你會以為這個說詩的人，芒刺在背、不吐不快，後來你會發現其實是肺（廢）部積水、口齒不清，只好恢復疲勞。這些似病不是病的癥狀，如果翻譯出來，可能對照一些老症頭：土地流失、骨質流失、語言流失、人口流失、文化流失。「流失要回補、傳統很重要——」我們真的希望事情有這麼簡單。

《骨鯁集》曾有兩個書名選項，來自詩集中的兩首詩：〈城市待原者〉、〈漢語新詩得獎作品〉，也點出了詩集的核心主題，「（未）定位」與「（反）書寫」。〈城市待原者〉寫往返城市與故鄉，人背負（記憶與身分的）行李，肩膀留下凹痕，或自己也成為行李。但收快遞難題往往在「指定時間我不在」，與其說這首詩寫的是空間問題（在哪裡找自己），更是時間問題：請問先生什麼時候在家？「帶原」為何轉成「待原」，也就是如此。

〈漢語新詩得獎作品〉則是真的有在嗆，畢竟黃璽的確有很多「漢語新詩得獎作品」。但他不是嗆評審、嗆體制、嗆得獎機器，他要問的是：如果（原住民？臺灣？）文學是一艘船，它上面載的是誰？原住民族種種舊符號新困境，只是「與時俱進」的木材嗎？嗆人也是自我反嗆，當他說「真的別再裝了，船上的朋友」，是「裝載」也是「假裝」，但我們可能需要的是新的「組裝」與「安裝」。畢竟拆封包裹之後，應該還需要工具吧？也需要用手拿出來吧？《骨鯁集》中有一首〈限動〉，用「限時動態」寫濾鏡化、觀光化的部落窺視與凝視，主題並不隱微，但我更希望將其延展成「有限制的行動」（待原？）。我指的絕非限縮能動性、自我管束、強化權力，而是想像「限制」與「停留」所能造成的審視、斟酌、喘息、觀察、再連結的效應。因為《骨鯁集》裡的身體與地點是實心的，會生病、有語言，若有太多「不察」，也很可能落入空心的寫、空心的看。

站住口令誰——

「（反）書寫」指的並不是拒絕書寫、不立文字、回歸口述傳統，而是直面（或背對背）「他也身在（深在）其中的」漢語書寫，重估寫作於不得不動的動態環境中。因而有幾個特質值得留意，其一是詩作的表演與（自我）批判意圖：詩中之「我」不總是詩人之我、「你」不總是讀者之你，借位化身本是古典技術，但黃璽在詩中不斷重啟的，是他對「訴說」的尊崇與敏感。當「口述」已不只是「傳統」，詩的對話兩端乃有〈問答〉的憤怒與失效、〈技藝〉的斷層、〈地獄梗／刻板印象／偏見／歧視／無知的區域問卷調查〉的實問虛答、〈誰說的〉的順服與懷疑、〈舞圈裡〉「大會想要報告」的廣播與消音……他以「說」來關心詩歌生命的內容與情境，我們也需要聽懂他的如鯁在喉。其二是詩人「借來」的聲音。這些「詩人以外」的聲音，有些（聽起來像）是祖訓、倫理規範、生命哲學；有些是部落景觀與垂危生命的暗示；有些是「田野」與「學習」（另外兩個值得延伸、但此處只能沾點的關鍵詞）來的語料；有些是〈角度〉那般被裱框起來、卻隨時要溢出的原住民文學經典（讀到〈部落演進四部曲〉，能不想到溫奇的〈山地人三部曲〉嗎？）。批判與諷刺的語言策略，有點繼承了瓦（歷斯・諾幹）式、溫（奇）式、莫（那能）式的姿勢（當然沒有人真的姓瓦姓溫姓莫），也現出了他的詩在日常經驗下，極富天才的改造、幽深的情感能量（例如〈我的部落〉）。這些時空距離不同的「經典」，在他筆下或有部分傳習、繼承的自我提醒，但絕大多數都勾連住了一種「哀悼」的情感。不過哀悼不是一種情緒。哀悼是一種能力，一種權利，一種責任。

死老百姓啊——

瓦歷斯・諾幹有一篇作品叫做〈哀傷一日記〉。部落裡面那顆像未爆彈、又像感冒咳嗽膠囊的「房子」，隨時有滾落的危機。屋內的瘋狂智者，走出來卻又似乎還在裡面，讓小說之「部落」的心理地形，產生了一種斷層、邊坡滑動。此地理「變形」是家園與聚落的實情（小說中有一些確實存在的親族土地糾紛），但最深沉的哀傷當然是眾多心靈的土石崩落，再也通過不了。來回都會與部落會累嗎？肉體、心靈、親子關係的「滑動」，也是黃璽〈十二個今天〉裡顯著的命題，但難寫難表達的，其實是無所不在的放棄與疲倦。《骨鯁集》中佈置許多出入部落的虛實往來，有形象的快照，也有傳神的體感。其中吸引我注意的一個意象是「明隧道」（〈我的部落〉、〈颱風後的明隧道〉）。從我老家池上走南橫進入布農族人的傳統領域，也會穿過好幾個明隧道。從維基百科上可以大致知道明隧道的設置目的與工法：「興建明隧道的地點，通常都是大崩壁，無法整治的邊坡，多半只能以此種方法因應隨時可能從山坡上坍塌下來的土石……若直接開挖的話，邊坡有滑動崩落的可能時，那該路段就有需要做成明隧道。」以上說明對照他的詩，多少震出弦外之音——這些通過、移動的路段，難免有死亡陰影投射下來。

兩年前九月底（哇要開始說故事了喔），黃璽某天跟我約了上午通電話，想聊聊他的創作（也就是這本詩集的雛形）。我那時也在一個寫作計畫中，人住在 Kasavakan 部落後山上，親戚提供的居處。電話中邊談詩集，也有釋迦田的飛蟲、舊食物、燒火、狗毛的氣味一起流過，我想起（但沒有說出來）他詩裡骨質疏鬆的邊坡，同時也滿懷期待詩集，卻沒有想過兩年內家族裡就會有重要親人不在。精采完成的《骨鯁集》（或加上今年 Tumas Hayan《Tayal Balay 真正的人》）一刺一刺地提醒我，死亡「就在此處」，有其極限與無限。

我讀的時候揣測，死亡何以在這本詩集成為數量上的關鍵詞（「死」出現了七十次，「死亡」是三十六次）？或許他最想追回的、我們陸續喪失的，是敘述死亡的能力、資格、資源。死亡如果是一個口令，生命應該是好幾個動作。所以所以，在這個談「主體性」幾乎都讓人疲勞的時代，黃璽真的是劃時代的詩人——劃開時代，沒有在怕受傷。

目次

輯三——骨鯁

輯四——守靈

輯一 回神

跟著他們行動，不要回頭，神就看不見你。

你也看不見神。

芒草

故鄉照顧著一條河流，
沿著出海口擠進來的人們為它命名，
在祖先於源頭為它命名之後。
為此，你應該要區分它的名。

打開故鄉的路旁有樹頹傾，
幾棵幾乎與馬路平行，有盛情邀請的樣子。
只能在轉彎的時候可以擺脫它們。

擺脫了它們，你才得已看到開闊的河道懷抱著灰色的石堆，
石堆上站滿了芒草，由於是花季的關係，
日光被柔柔地梳整成遠道而來的風。

抵達故鄉的時候，偷偷摸摸地撞翻了一盆火，
燒穿了一些口舌與舊傷，在能好起來以前，
已經在回家的路上。

關閉故鄉的路旁有樹頹傾，
差點要癱倒在路上，有竭力阻攔的樣子。
只能在轉彎的時候可以掙脫它們。
掙脫了它們，你才得以看到月光下有一頭被割傷的獸，
沿著不規則傷口邊緣蠕動著的白穗們，飄了過來，

想要輕輕地掩蓋一道黑不見底又嘩嘩冒血的傷口。

移動繼續，像要忘記它的乳名一樣，
越走越遠，像要剜掉它的真名一樣。
肚臍一陣劇痛，
到家了。

角度

圖形　　透過　　來的
目光照成黑的，
空的一塊眼色。
群候鳥駐足的土地，
該要有
的地方、
的部落、混濁、
痕、天狗部落之歌、

圖形　　透過　　來的

必須
接受
所有
幾何
圖型
透過
來的
裁示

必須　接受　所有　幾何

必須　飄盪的窗，寬被日光照成白的，長被
接受　乘積是以單一角度持續性搶奪天
所有　這窗子宣示了忘記遷徙的一
幾何　原本，在那片土地上應
圖型　美麗的稻穗、最後的獵人、太陽迴旋
透過　雲豹的傳人、八代灣神話、永遠
來的　紀念品、走風的人、域外夢
俯視　在這片土地上應該要有。

必須　接受　所有　幾何

異城

最後一束陽光落地後，都碎了。
滿地失了焦的指尖，浸在流動的街景，
滿了就把成群的晚風攪動、揉緊、梳平，
誰撞上了誰就來到了異城。
我是第一個發現的人，
那時我正在遁逃。
因著身分的關係，

我不能簡單地跨越那一群隱藏於城市的駝獸，
也不能簡單地拆除我養在心底的危樓，
更不能簡單地透露我遁逃的起點，
因為我就是我，只是因著身分的關係。

早已習慣，
在經歷那些進出之後，城市是如何遺忘住民的，
一如路燈是在日子過了才亮起。
冷弱的人造光晶晶晶底攀爬，
在經過一陣又一次西落的遷徙之後，
會恰巧記起名為今天的日期，
又會恰巧記起自己身處異城的
一些理由。

旅北同鄉會

你可能不會知道，
待在這裡每個人都渴求呼吸，
唯一的呼吸管突兀底雄起，
表揚了使整座島嶼都沉沒於台北盆地的壯舉
好像獎盃一樣被崇拜著。

越高的建案越像分針，秒針震盪著價格，
兩者都抵擋不了人潮與你。

到了這裡你便能體會，這地方為什麼時常下雨，
滴答滴答的聲音哪裡都有，
不曾停過，
撐傘也只是在過勞之間趕往另一場雨季。

該慶幸的是，
雨季在這裡也有黃昏，
黃昏讓盆地看起來像一隻魚缸。
從那佈滿建築群的窗戶往下看，
夕陽燒乾了幾群擱淺的藍綠藻，
烙了痕跡在視神經裡，
從組織深處反射出體內長期缺氧的顏色，
投射在整缸死水。這時，

那些得了白點病的人們剛要下下來。

說件突然想到的事，
這裡是個冷漠的地方。

你大概曾聽過，若要上來，
要慢慢地上來，
但你應該不曾聽說過，想要下去，
也要慢慢地下去。
記住，別讓呼吸亂了拍子，
這都是為了預防那該死的潛水夫病！

嗯，你聽。下下來了。

一顆一顆清脆的爆裂聲從四周慢慢鑽出，
相互吞噬彼此成為更大的回音，在盆地裡面
鋪開成一襲高貴卻不親人的灰白色的雨絨，

開傘吧。滴答、滴答、滴答、

把這整片無序的雨季整理成我們都懂的聲音。
滴答滴答滴答滴答滴答滴答滴答滴答滴答滴答滴答滴答、

啪

你可別就這樣融在裡面了，朋友。
，轟。

城市待原者

終究是不可能完全卸下，
你的肩膀已經有屬於城市的凹槽。
裝著對哪一邊來說都是必要的東西，
復返在一條標示著易碎品的道路上。

你說那是一種遷徙，
是的，從神話起源地延伸的話，確實是其中一次無地自容的遷徙。
但你的歸處早已不在那裡，

你並非遷徙者，在神話被販賣的地方，你成為一個逃逸的人。
屬於累犯的那一群。

我又何嘗不是那一群？
那佈滿指紋不再硬挺的東西，承載著包括皮殼與血痕的瑣碎東西，
在城市裡都有相似的寄件地址。
我不能是背負者，
我努力成為住所，接住淩亂的道路，也知道哪一面要朝上。

你看起來有些累了，肩上的東西正在下滑。
那個沒有辦法討好兩邊的東西，深慢慢地嵌入你的血肉。
停下腳步吧，在我這裡，或哪一個地方都好，
因為你本就不是旅人。

我們可以一起坐著等待故鄉被拆封
或是城市被退貨的那一天，
大大方方地去看看，
寄件欄和收件欄，
寫著誰的名字。

黃昏的聲音

在城市裡，
窗戶的外面是另一扇窗，
重疊著更遠處的窗，
再更遠處總有最後一面，
然後是山，
或者是海。

（我想說說一次配眼鏡的經驗，

在體驗過失焦的世界後，
眼睛就能夠不再那麼絕對了。
而遺落的那一副眼鏡，
就成了某處永遠關不起來的窗。）

如果在任一扇窗後守著，
應該就能再次捕捉到那個聲音吧？
我等待像是一排音梳。

晚霞將盡，
那個聲音從熟悉的遠方緩緩地透析進來。
用我不熟悉的焦點，
自成系統。

它看起來有點累了，
軌道上有許多剝落的清脆鱗片，
曾經的峰與谷崩毀了不少，
我將窗戶敞開，
不忍讓它再受到減損。

這次，它決定直接鑽入我的瞳孔，
在耳膜內側不斷反彈放大著，
胡亂搜索著一個宜居的共鳴腔，
想被標準的言說出來！
最後，在我的小舌到聲門的一段空間內，它消失了。
我張開嘴巴，讓遺骸悄悄地被嘆出。

曾聽（見）過黃昏的聲音，
卻不曾聽（說）過，
在城市裡。

Yutas

Yutas 走了，
我從來沒有見過他的樣貌，
不過我應該可以從 Yaba 的身上找尋到他的型態，
卻我沒有機會，
因為 Yutas 帶走了他的樣貌，
也帶走了我的樣貌。

Yutas 走了，

我從來沒有踏過他的足跡，
但是我或許可以從草木中的獵徑找到他的去向，
卻我沒有機會，
因為 Yutas 帶走了他的足跡，
也帶走了我的足跡。

Yutas 走了，
我從來沒有聽過他的話語，
也許我真的可以在 Yaki 的言談中聽見他的沙啞，
卻我沒有機會，
因為 Yutas 帶走了他的話語，
也帶走了我的話語。

Yutas 走了，
他揹著滿滿的竹簍走了，
我唯一知道的，是 Yutas 沒有紋面，
我不知道的，是他的竹簍裡面裝的是我，
還是整個家族。

十二個今天

…

……

（07:00）

月出至日落是沒有重量的。

父親從睡眠中被抽起，如揀一根菸、

拔一株龍葵。然後被鋪好。

（09:00）

部落連在腳下都看起來很遠，
遠的連雞叫都能遲到。
房子們倚壁而伸，在交換族語後開始衰老。

（11:00）

我將嚴肅地在順向坡立起一個警示牌：
第一、用於宣導防跌。
第二、用於定位可能移動的部落。

（13:00）

父親的脊骨被我撐起，面向有茶樹的山頂。
掌上溼熱的土質被診斷出可能滑動，
幸好還沒有。

（17:00）

母親煮了整個部落今天第一碗龍葵湯，
夕陽裡，山腰上的高麗菜像螺帽容易脫落。
幸好還沒有。

（19:00）

下起大雨，收好門窗。
那些滯留在部落裡的脖子都縮成凹凸的斜坡，
發出滴滴答答的聲響。

（21:00）

無雲，部落很可能還在長成一顆白矮星，
在醞釀一條綿長卻凍止的尾巴，
準備下次翻身時，劃破山際。

（23:00）

我又要將父親平躺。
瞪視的瞳孔，老去的部落，散開的焦點，
很少能回得來。

（01:00）

還未成夢，整個部落已被稀疏包圍。
用夜色未能掩蓋的叫喊聲，
勸導遷村。

（03:00）

街燈一盞一盞，淺淺地剖開山嵐。

鳥鳴透了進來，

『也許能從那裡逃跑吧？』強烈襲來的疲怠感說。

（05:00）

又比父親先醒，甚至比他的夢還早。

盡力維持這樣的幀數，失去著他。

保護著他。

（07:00）

日出至月落是沒有重量的。

……

…

註

Yutas：泰雅語，男性祖輩人稱代名詞。亦用於稱呼親家公或岳父。

Yaki：泰雅語，女性祖輩人稱代名詞。亦用於稱呼親家母或岳母。

Yaba：泰雅語，父親。

那抽象的有機體正在失意地縮小，我為它書寫的越多越小。

輸血

輯二 失血

易燃物

家屋裡的那盆火，
從來沒見它熄滅過。

即便尤達斯在捕魚的溪谷滑倒而溺斃，
即便雅齊已不能回憶起任何與自己有關的事物，
即便瑪罵在清晨送菜的時候滑進了山崖，
即便雅大在青春年華時突然就不知道去向了，
即便雅爸奮力工作卻因癌症而痛苦去世，

即便雅亞無力抵抗過多失去而選擇離世，

這盆火，
依舊燒紅了一袋又一袋的焦黑木炭，
熱與光在骨頭般慘白的灰燼上歡愉。
我如何捨得忘記呢？
那些火焰的形狀、氣味、
情緒、聲音、輪廓、觸感
以及瞬間變成灰燼的過程。
這教我如何還能不準備好呢？
我必須準備好
從來沒見過它熄滅的這盆火，
我必須。

限動

為那些把部落上傳的人開門，
將九宮格所看到的美與真用科技傳播，
讓沒被邀請的追蹤者得以深入刺探。

調高色彩的山的一隅，
廢墟似的街景飽含神祕感，
被切片過後的祭祀儀式，
無光且放大陰影的人物輪廓，

以大火除魅後的料理近攝，

給部落敞開了一扇又一扇的窗戶，
不在乎從外部間接射進來的光快要滿溢，
都抵達不了日常，卻引起慾望。

已不寄明信片的那些擷取者，
上傳之後，就要回程。
不會關窗也不會將門帶上，
都不算是自己人吧。

部落演進四部曲

第一部：老人與狗
第二部：移工與狗
第三部：路燈與狗
第四部：路燈與失聯移工

夏日白日夢

午後，在近乎永夜的部落裡，
躺了下去，墨綠色的天空，從後腦杓
巍巍地浮了上來。

星星也同時進入視界，
黃色的、銀色的、灰色的，
在眨眼間悄悄地靠近。

閉上眼睛，
我知道它們什麼時候會變成流星，
所以許多少願望都可以實現，只是時間問題。

我幻想自己又能是擁有這片天空的人，
僱用一些外星人，
幫忙從先人的骨肉中養出一頭又一頭的流星。

但這怎麼可能呢？
嗯，
這怎麼可能呢。

說起來我還記得前幾任的主人誰。

他們早已進入更深的天空裡。
也許夢到了那裡，會有如何易主的方法吧。

等到天氣不再那麼熱的時候，
我會為那些星星套上更大的光暈，
等到天空不再那麼綠的時候，
我要欣賞它們從內核開始爆裂的光芒，

而我所得到的，
只是一年又一年，
疲勞地發著白日夢的
升空倒數。

舞圈裡

舞圈裡兩隻腳踩得緊，
　舞圈裡歌跟得緊。
大會想要報告！
　大會報告！
炎黃子孫的後代請離開舞圈，
　當代殖民者請離開舞圈。

舞圈裡原住民沒有輪廓，
　舞圈裡族人有輪廓。
大會想要報告！
　大會報告！
宗教團體與政治人物請離開舞圈，
準備拉票的上帝請離開舞圈。

舞圈裡兩隻手拉得緊，
　舞圈裡火燒得緊。
大會想要報告！
　大會報告！
原住民族委員會請離開舞圈，
　無意解殖者請離開舞圈。

舞圈裡有人輪杯，
　舞圈裡有路。
大會想要報告！
　大會報告！
不再有大會，
　不再有報告。

舞圈裡有領唱，
　舞圈裡有答唱。
舞圈裡還有人，
　在人離開之前。
在人離開之後，
　還有舞圈。

刀

展示那把刀在豬的肋骨上，
壓住後腿的人看著，壓住前腿的人看著，
坐在豬軀體上的人看著，將它擺上去的人看著。
周圍還有一層又一層的人包圍著。

幾近瘋狂的嘶吼，尖銳而脆弱，在這緊密的地方隱隱有迴音，
疊加反覆地是在求饒，或是在咒罵？
觀展的人都被掙扎地汗流浹背。

儀式的液體開始湧出，排泄物的臭味隨之而來，
在它馱負了死亡的完貌並抵達聲音能存活的最遠處後，
刀的展示即將完成。

舞台被分解，隱匿的花束被綻放，
所有感官的經驗都被裝袋，
依照親疏遠近的關係分送開來，
那一瞬間的展覽，永恆地結束著。

Qutux niqan

他們坐席正吃的時候，耶穌說：
我實在告訴你們，
你們中間有一個與我同吃的人要賣了我。
——《馬可福音 14:18》（中文和合本）

若你與我們同吃，
為何不指出是誰要賣了你？
我們能以獵魂的方式找出是誰有罪，
給予應有的懲罰。
而你自己卻背了他的罪，
以死亡脫身，
於是，我們終將被賣光。

外面的人說你拯救了整個世界，
同吃的人啊，你是否也覺得拯救了我們？
但我們有過的風采都被卸下，背上了不曾有過的罪，
我們甚至被迫學會了入侵者的飲食文化——
以感恩的心吃著你的膏，飲你的血。

同吃的人啊，
我想那賣你的人，
應該不是從霸壩卦阿來，
不是從迸撕帛干來，
而是跟著你來的。
因為你不能沒有他，而我們
卻可以沒有他，甚至我們也可以
沒有你，在
Qutux niqan。

我的部落

有距離

從祖居地被烈日旋開以後，
進步的人開始用瓶子貼在眼球上觀星—
—你我—牠—它——他——祂——……——瓶底。

有跌水工法

大洪水之前早已竣工，
一完工就率眾開始逆行。

一階階，上行下行，
都能安心跌倒。

有明隧道

產銷班在後照鏡裡	候選人在擋風玻璃上	神
車子在山腋窩底下	遠景被切得不成片段	愛
獵獵的光	擲在地上	世
駛入	駛出	人

有颱風

驚見一條被擠捏而爆露腸臟的溪魚孕卵，
將整個腹腔空蕩的山谷外翻直至見骨，暫時是
洗刷了個禁止通行。

有遺忘

山也忘了，
那些獵徑已經結痂、
腳也跟著得了靜脈區張的事。

有喜事

一袋又一袋壓著樹狀圖的肥壤。
讓新的芽或折殞的枝跟著

眼前的血泊——
都灼灼，

有老者
肋骨如等高線，
下切於溪谷。
希望在乾涸時，
會見到彩虹。

有長壽
跟長照補助的復康巴士司機，
在經過醫院直達甕裡的期間，擋一根。

有祭弔

在城市的背景裡，
醃一罐離開的，
封於離去時，
蹲著。

有胎痕

淺淺——
再淺淺——
再更淺淺……

有雨日

／高速行駛中／

＼撞見了＼

／養我的山／

＼養滿了白鰭＼

／從兩側／

＼汩汩地＼

／遁逃中／

有，什麼？吃，什麼？

＿月＿號

早餐：隔夜冷飯
醃魚（剩飯醃的）
水煮內臟
罐頭數個

午餐：稀飯
沒吃完的罐頭

＿月＿號

早餐：稀飯／隔夜冷飯
蒜泥白肉（買來的肉）
罐頭數個
龍葵湯

午餐：白飯
炒豬肉（早上拿到的肉）

醃肉（小米醃的五花肉）
炒地瓜葉
山萵苣山胡椒冷湯

晚餐：白飯

醬油煸山羌腿
蔥段炒帶皮山豬肉
醃肉（剩飯醃的山肉）
炒高山高麗菜
臭骨湯

宵夜／下酒菜：醃豬皮

洋蔥炒蛋
燙地瓜葉
血肉模糊湯

晚餐：自家醬拌麵

烤肉（冰箱裡全部的豬肉）
蔬菜排骨樹豆湯

宵夜／下酒菜：烤肉

聖地

住在聖地的人告訴我，
觀光客跟朝聖者是不同的。

觀光客！
那些踏著正步，背著攝影機的人，
那些渡洋而來，戴著墨鏡的人，
那些住在附近，沒有信仰的人，
那些活在這裡，卻信了異教的人。

都是為了看聖地為他們呈現出來的華美，
他們對於聖地裡所發生過的死亡最有興趣，
恨不得能帶回一根骨頭，或是一具完整的乾屍。

朝聖者！
他們踩著尚有輪廓的足跡前來，
有的一生一次，有的一天一次。
身體有所殘缺，內心充滿世俗欲望，
甚至有些還背著罪呢！
他們為了得到救贖而來，聖地會包容他們，
但不一定要接納他們。

我輕輕的點了點頭，並不是同意的意思。

住在聖地的人哪，
你難道沒看到聖地已經不再有百年前的風采了嗎？
那些剝落的石磚，乾涸的泥岸，遲早會風化成為異地的沙。
那些跨世經典，威嚴凜然的聖骸，已漸漸不被傳唱頌榮。
甚至，聖地的信仰，你們也拋棄了不少。

我輕輕地向這座幾萬年歷史的聖地禱告，用錯誤的語言。
穿過還算擁擠的人潮，回到屬於我的棺木裡，
開始滑手機。

颱風後的明隧道

遠方
有什麼閃動、搖晃於
寂白乾渴的水泥柱間。
在我逐漸裂解的時候，溶於城市背景的時候。
看到了，

一條泥流暴竄於山谷，
孕巫的溪魚在其中閃著鱗片。

一名老者竄入溪底，
攪動了淤積的神話，
等待精靈的回應。

一些關於海洋的瑣事，
老者告訴了山，
得到一陣冷顫，
抖落一片森林，伴隨土石，
他也在其中。

墜落之中，
老者的白色條狀脖飾突然束緊，
像是自縊的人，脹起的氣管，被箍著。

他早已忘了何時被贈予這項禮物，

明隧道突然鬆了開來，
此刻我裂解完成，溶於城市的背景裡。
白色四足巨獸駝著喘氣的老者，
他們低頭試圖吸啜，
怪手與救護車欠身而過。

田野速記

（一）

部落的靈魂，
有自己的想法。

部落的形體，
有人的模樣。

形體呈現靈魂依賴死亡的方式，

是主動且神聖的。

（二）

採集者是形體的各種樣態之一，
依據部落的靈魂的規範，他們採集領域外的靈魂，

被採集的靈魂，
依據同樣的規範，餵養給部落。
從部落的客人，變成了部落的靈魂。

（三）

成功的採集，是一種答案，也可能是一種裁判。
也視為是一次蛻變。

也許會引發下一次的被採集。

我的速寫沒有其他目的，
只為在其他的文字裡保留下來，
一個該死的部落。

他者

這山裡頭，沒有獵人。
住在這山裡頭的人，沒有獵人。

沒有獵人種植任何可以長得出種子來的東西，
沒有獵人分享任何可以吃得下肚的東西。

用智取或死鬥的方式，在這山裡頭，採集肉類。
曾經，也採集靈魂。

即使在最高的地方架起了瞭望台，
沒有獵人不用更高的眼光去看待萬物，

沒有獵人盡可能地完整生命，
並奉獻生命。

在山裡頭，語言中沒有獵人一詞，更沒有獵人一職。
只有自己，與他者。

莎拉茅群訪談記事

大甲溪流域泰雅族莎拉茅（Slamaw）群，群內耆老口傳此群人於南投祖居地遷徙至佳陽沖積扇後便不再移居，人丁興旺，最盛時為超過三百戶居住的聚落。直至日本殖民時期因抗日作戰造成人口驟減，降後被分成兩個部落：梨山部落以及佳陽部落，在中華民國政府來台後因應中部地區用水需求而興建水庫後，佳陽部落被迫遷村至如今新佳陽部落之地點。

這將死的水怎麼忽然
映成他眼中的一床溪水，

那時還未搬運那麼多的灰與泥，
尚是一隻在石群間吐信的蛇，
嗜血且偶有暴躍的模樣，源源不絕，自信的模樣，
那未能被現代紀錄的部落在旁，背後長著高且老的平原，
載有能盛光的湖，風湧時張口，
青年們將夜晚開出一條獵徑上去，
在能見的日光有了溫度後，
光著膀子，以嬉鬧的方式將自己餵養進去，
此時，溪旁的老弱婦孺亦將祭品打開，
讓血液汩汩地潛入溪中，雨便降下，直至分不清血與水，
這一床活跳的溪水怎麼忽然，
映成他眼中一條將死的水，老者說：

祈雨祭，那是
在三百戶祖先墾
居之地，那時

人活得熾熱，
織紋與靈神共存，
直至那溪流

被炸裂的紅
日刺出了膿血色，
濺得祖居地
長出了枯骨

幾千幾百叢成蔭，
直至不能住

人，那溪流就
長出了分水嶺來，
便越流越遠，

往改宗的方
向流淌，往能活的
方向流淌著，

自此，水開始
蒸發，使紅日劇變

為白色日輪，

老者說，在這之後就莎拉茅群便沒有祈雨祭了，
那時，父執輩們正辛勤地鑿穿山壁引入黑色的大蛇，
讓一條又一條的獵徑長出了蘋果，
每顆嬌豔誘人的蘋果可以長出一個白白胖胖的孩子，
孩子們像岸上的魚一樣，
愉快地蹦跳著反射有日輪的光，
漸漸地，誰也分不清是誰了。
此時，母執輩們開始哭泣，眼淚流入溪裡，開始堆積在
部落、眼淚、眼淚、眼淚、
部落、眼淚、眼淚、眼淚、眼淚、
部落、眼淚、眼淚、眼淚、眼淚、眼淚、

部落、眼淚、眼淚、眼淚、眼淚、眼淚、眼淚、
部落、眼淚、眼淚、眼淚、眼淚、眼淚、眼淚、眼淚、
洩洪，
眼淚、眼淚、
眼淚、眼淚、眼淚、眼淚、
眼淚、眼淚、眼淚、眼淚、眼淚、眼淚、
眼淚、眼淚、眼淚、眼淚、眼淚、眼淚、眼淚、眼淚、
……

老者在將死的溪邊駐足許久，容貌在溪底更迭，
我移往高處，此時訪談接近尾聲，也更接近遷村的後裔，
在移動的時候，原本浮腫的水體只剩殘肢斷臂，
我終得以窺見那條溪流的全貌，遠至視界外蠕動的源頭，

近至那些從不回來的水珠——水還未死，
那是我以為的答案，而旱象是在我準備之外以答案的形式出現的問題，
我即將悄悄地往下游離去時，突然間，
老者轉過頭來，慢慢縮起停經已久的微笑，和藹地問：
孩子，你知道部落今天
會停水嗎？

註

Qutux niqan：泰雅語，共食團體。在遵守同樣規範下一同分享食物的群體。

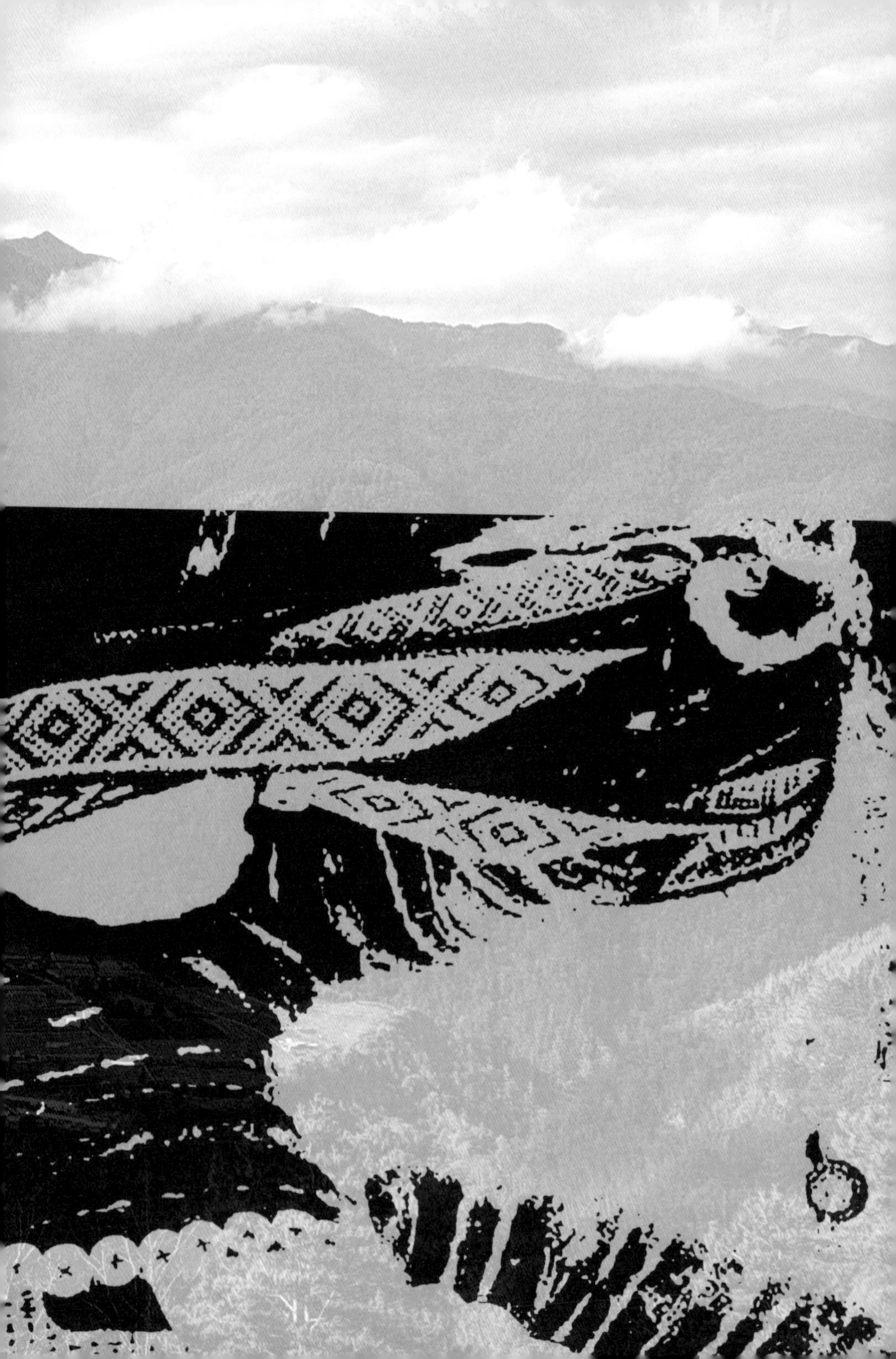

輯三

骨鯁

活成一根魚刺，哽住他們的喉嚨。

過於自我的先知

不同語言中所有的人稱代名詞都相互繁衍出下一代人稱代名詞了。
所有的指稱都更為精緻，
以至於在其語義範圍內外有任何強弱關聯的名詞也都在等待進化。
智人腦中本能反射性的分類行為需要再次施工。
面臨危險的動詞還在等待神經訊號。

「不過就是混血而已啊。」

馬槽裡的棄嬰，學會靈語的異教徒，都可以被崇拜。
覺醒？在文明的盡頭那是禁語、是邪典，不可以被言說。
木頭能自己成為神偶嗎？
血液不似白骨，無法搭建成宮殿，是吧？
是吧。

「但這就是混血啊！」

確實是背負了傷痛，但戴不戴原罪還尚未能加冕。
沒有歸屬的羔羊，終是要失散到一起，
小心翼翼地建造新的聚落、
思想、傳統、禁忌以及敵人，
有了不需要東躲西藏的自信，才得以回到動脈的源頭。

然而此刻，
舊的動詞才正要開始做出各種輸血反應。

話語

整個世界都側耳傾聽，
卻不懂我說的這個語言。
一老者專程前來，
與我相談甚歡，
語畢便死亡，
我掙扎著幫老者畫上句點
（即便我的語言沒有句點）。

句點之後，我不再理解這個語言，
我的喉嚨僵硬、舌根無力，
用另一個語言哭泣。

在晚霞裡突然碰見一個壯年人，
他在等待我們的語言的死期，
我說他像是禿鷲，
他說他比較像是蚯蚓，
結果是我等到他的死亡，
我用另一個語言哀悼。

哀悼的時候我喪失了希望，
我曾經聽溪魚、山嵐、死者、色彩、稜線都使用過我的語言，

他們最後都囑咐我，
叫我別再說了。

我找到製作語言標本的人，他用另一個語言說我找對人了，
要學習其他語言就是要從自我剖析開始！（他還幫我的語言縫上了句點。）
但我告訴他，我要學的不是其他語言，而是這個語言，
這個我應該要稱之為母語的
第二語言。

密語人

年邁的街口吐出一條老狗，
喘著粗氣，像是在嘲笑誰一樣。

警騎隊呼嘯而來，警笛聲敏捷地掃視所有孔洞，
仔細地跳過最深的地方。
停下，在一名男子旁邊，
只因他承襲的輪廓讓騎士的光彩跌倒了一下。

瞬間，男子身邊就圍著一隊下垂的警槍。

「是反動分子？」

「他的口音奇怪！」

「是密語人吧？」

「掏空口袋！」

一道男子不屑理會的命令。

馬上，警棍把他放倒在地，無數警徽落在他身上，

「致命的武器！」

那是從男子左側口袋中被捏出的三把小小乾癟萎縮的無柄蕃刀，

還有一片竹片在手忙腳亂中逃脫了。他們志得意滿地將男子逮捕。

號外！

【拔除一個傳染貧困的爪牙！】
【再一次鞏固殖民地的社會安定！】
【還要再宣傳更多同化思想！】

號外！

但男子始終無法被判定為密語人，
因為他們依舊沒找到決定性的證據，
一把密語人隨身攜帶的多簧口簧琴。

別再吃了

母親知道，
那些錢絕對回不來。
投入石灰膏裡長出不堪風雨的植物。

離去、歸來、咀嚼，
都是沒有終點的循環。
她遵從的那個概念，
所以她精準地戒了教堂。

那些不在她身邊的愛人啊、親人啊、朋友啊，
都被她握在手中，習慣性地咬一口，往心裡送，
翻攪搔刮著。
一次一條細微傷口，多了，
就成為病灶。

看著她離開的時候，已經晚了，
我看透了她，看到她身後的路，像凹凸不平的舌，
一直擴散到整個山頭。

部落後方逃逸的山稜，
夕陽中被燻裂的薄雲，

越是駛離，越是咬合，多了
就成了癮頭。

唉，
我竟活成了癌。

祕密

那個平地人藏了一隻穿山甲，
一個山地人給的。
我們都知道。

也不是白給，
那個山地人說穿山甲讓他可以下山當原住民了。
可以當多久，這是祕密。

我們為那隻穿山甲哀悼，
我們要記得牠，像是記得那個山地人一樣。
記得牠是如何被送到平地人手上。

並且，我們要採取強烈的手段，
譴責那些持續獵殺穿山甲的自己人。
不能縱容法律保護他們。

剩下的穿山甲只會越來越少，
賣出去以後怎麼可能回得來了。
那些臨時主人，怎麼可能放手？

我們看過一次整隻給出去的，

也看過鱗甲被一片一片拔起偷偷給出去的，
那些光禿的痛楚與無後的悲傷，
都成了收據，整整齊齊地留著。

問答

我憤怒地質問，
從何時開始我們變得如此順從又忘祖？

老人蠕動嘴唇，皺紋藏起答案。
我們不應該是驍勇善戰的民族嗎？我們的魂魄呢？

老人清了清喉嚨，像是被藏起來的雷鳴，在遠處靜靜地破壞些什麼。

外族來的時候不是非常懼怕我們嗎？現在怎麼變成都是一家人了？
我們的文化跟歷史在哪裡？

言語終於在眼前炸開
「我們的祖先，能留後的都是被殺怕了的人。」

怕了？怎麼可以怕到變成既是侵略者的一員又承認被殖民呢？

老人的雙眼混濁，像是兩口被拋棄許久的防空洞。

回答啊！我不想當殖民者啊！我要成為泰雅人啊！
幾近瘋狂的逼問。

老人關閉了整張臉，顫抖地吐出幾個字塊：「你們，不懂，我們，必須，擇日，才有，可能，再說。」

文膽

那些被我帶回來的獎盃／通通放在架上，依次將盃與座分離／沖入酒／澄澈冷冽的液體，刮洗著盃的內部，帶上一股鐵鏽味，流瀉出來／用杯子去接，一飲而盡／用這種方式，餵養我的弱小又無法成年的文膽。

地獄梗／刻板印象／偏見／歧視／無知的區域問卷調查

想請問，
你對原住民族有什麼看法？
對台中市的原住民族有什麼看法？
對台中市和平區的原住民族有什麼看法？
對台中市和平區大甲溪流域的原住民族有什麼看法？
對台中市和平區大甲溪流域上游的原住民族有什麼看法？
對台中市和平區大甲溪流域上游的原住民族之泰雅族有什麼看法？

想再問，
你對漢族有什麼看法？
對台灣島上的漢族有什麼看法？
對台灣島上中華民國政府的漢族有什麼看法？
對台灣島上中華民國政府台中市的漢族有什麼看法？
對台灣島上中華民國政府台中市和平區的漢族有什麼看法？
對台灣島上中華民國政府台中市和平區大甲溪流域的漢族有什麼看法？
對台灣島上中華民國政府台中市和平區大甲溪流域上游的漢族有什麼看法？

最後請問，
你對台灣島上中華民國政府台中市和平區大甲溪流域上游的漢族與原住民族聯姻所誕之後代有何看法？

漢語新詩得獎作品

相認是好的，那些渡海的必須如此相信，
而我們早就清晰地看見泥土是如何
繁衍——山與山、
延伸——海與海、
藏起——天空與天空、
埋葬——種子與花朵。

使舵手無懼地將海島駛離的是

你們嚮往的地球與世界。
但這艘船已被名為奴性的疫病所襲擊，
染病的人暗自竊喜這裡沒有奴隸。

而我們？
是被靜物、是更甚於華美的詞藻、是在眼前的香巴拉。
是無關緊要的，或是至關重要的？

而我們，不是船員，我們是有傷痕，
等待被替換的木材而已。
換掉古調吟唱、琉璃珠、情人袋……，
換掉雲豹、紅嘴黑鵯、黑熊……，
換掉認同、酗酒、貧困……，

換掉句法、信仰、領域……。
讓它們都腐朽於文字之外，與泥土相認。
剩下沒有腐朽的木材，
就綁成船上的桶子罷！
成為船的一分子罷！

但真的別再裝了，船上的朋友。
那些傷痕終究會形成破口，成為你們該正視的裂痕。
說到底，那些木材本就不適合釀酒。

還是把我們還給那座海島吧，等你們再次靠港時，
我會生澀地用你們的語言，投遞一首詩，向你們討一次獎勵，
令你們自己心生妒忌，

妒忌一片從船上落下的
長著新芽的淘汰木材。

赤楊木

深林裡無聲的崩塌，
赤楊木知道。
採獵者來了又走，
赤楊木知道。

棘手的情況。譬如說
異邦人在領域裡的故意死亡以及鄉愿性人祭，
興高采烈地死去。

赤楊木知道，那不是跟它一樣
想在貧脊土壤裡鑽第一株芽的，
它篤定地告訴採獵者。

採獵者要暫時離開深林的心，赤楊木知道。
那一整片真正奉獻了生命的灼熱焦炭、
炙熱熬燒後的草灰已為真正的拯救鋪好柔床，
赤楊木將自己深深跪入漆黑的墳場，
開始擁抱失去採獵者的土地，
慢慢地，它連深林外的事情都知道了。

那場無聲的崩塌，是祕密
赤楊木知道。

這個深林裡沒有了採獵者，是祕密，
但赤楊木也知道。

Walis 說他不是酒鬼

Walis 問我怎樣算是酒鬼？
我說像平地人那樣喝酒就是酒鬼。
Walis 說他喝酒是學他祖父的。
我說那他的祖父也可以是酒鬼。
Walis 說他的祖父可是大頭目。
我說大頭目也可能是酒鬼。

Walis說我才不懂為什麼他要喝酒。
我說我不用懂也可以知道他是酒鬼。
Walis說如果我活得跟他一樣辛苦就知道他不是酒鬼。
我說我活得確實沒他辛苦，但我看過更辛苦卻不是酒鬼的人。
Walis說那我就是在針對他！
我說我幹嘛針對他，我是針對酒鬼。
Walis說那我就是瞧不起酒鬼，他要去跟其他酒鬼說我自恃甚高。
我說酒鬼才是覺得自己最了不起的那個，才不屑其他人的眼光。

Walis說我到底為什麼覺得他是酒鬼。

我說只要不是像祖先那樣喝酒的，都是酒鬼。

Walis說我怎麼可能知道祖先怎麼喝酒的。

我說不是酒鬼的都知道啊。

Walis瞇著酒鬼的眼睛看我，他說他要走了，不聽我的鬼話了。

我問他是不是又要去喝酒了。

Walis站在門口說他要再次聲明自己不是酒鬼，他要去喝的不是酒。

我說這就是酒鬼會講的話之一。

Walis在跌出門外時，差點將我嘔了出來。

差一點，就連我也要成為酒鬼了。

戰士

知道舊時的日本帝國軍是怎麼評價我的族群嗎？
他們說泰雅族在戰場上是一陣勁風，
他們說布農族在戰場上如同鬼魅，
他們付出太多靈魂在這裡。

後代傳承了祖先的屍體並開始顛沛流離，
直接被迫進入第二輪的征戰至今。
而此時，部落裡吹起軟風，山海早早就被除魅。

戰士在從沒停戰過的戰場上失去蹤跡。

「我們要思考如何共存！」「進入體系，做出改變！」

「元首道歉了！」「現在哪裡還有歧視啊？」

「戰爭的方式早就變了！」

嘿！要知道，今日他們評價我們的方式也變了，

戰士們為了異族的大拇指而戰，為了異族的愛心而戰，

為了異族的五顆星而戰。而我們

斗內太多靈魂在這裡了。

史詩研究者

部落的老者 Takun 被找去研究了。
老者的舌頭被留在那裡當標本，然後被放了回來。
孩子們都不會說話了，
要學其他語言。

部落的老者 Ciwas 被找去研究了。
老者的手指被留在那裡當標本，然後被放了回來。
沒有人有禮服穿了，

要穿其他衣服。

部落的老者 Yawi 被找去研究了。
老者的眼睛被留在那裡當標本，然後被放了回來。
部落沒有歷史了，
要學異族的歷史。

部落的老者 Ali 被找去研究了，
老者的頭腦被留在那裡當標本，然後被放了回來。
部落沒有祖靈了，
只好改宗了。

最終，那些努力不懈的研究將可以用完美的標本來拼湊出一個被異族命名的——被異族完美的——屬於異族沒有部落的——
死屍。

而我偏偏是那圓滿到完美的句點

要從何談起好呢？
從河流的源頭，從樹的根部，從山的起點，
原初的祖先在將孩子們哄睡以後，
再醒來已經是四五百年前的事情了。

我被傳承到的祖先，只有十五代，
再往前的都在預備好的獵場裡遺失了。
記得他們，像是一列鱗片一樣，

兒子的名字・父親的名字，父親的名字・父親的父親的名字，
父親的父親的名字・父親的父親的父親的名字……
簡單地講，就是父子連名，卻也不是。
這個取名的真正含義是「屬於（父親名字）的（兒子名字）」。
是原始型態的銜尾蛇。

但是，
誰能預見到孩子們已經不再相互說話？
他們都退化為真正的蛇，一條條冷掉的血脈。
那十五代祖先，在我這裡活了這麼久，終於要接續僵化並死亡。
還來不及將自己奉獻出去，就驚見自己的口傳
都是一句又一句蒼白乾癟的死屍，

技藝

你怎麼能知道，
要像嚼檳榔一樣，
砸成渣，那些汁液能夠發揮效用。

你怎麼能知道是哪一種植物，
可以將魚毒昏而不致死，
連吃魚的人也不會中毒？

你怎麼知道在河流的哪一段才會有魚群？
你怎麼知道要在什麼時候放毒才會有最多的收穫？
你怎麼知道這些被毒昏的魚要怎麼處理？

你怎麼都知道這些事情而我都不知道？
你還是別告訴我好了，就算我知道了也不會去毒魚的，
因為我是不嚼檳榔的。

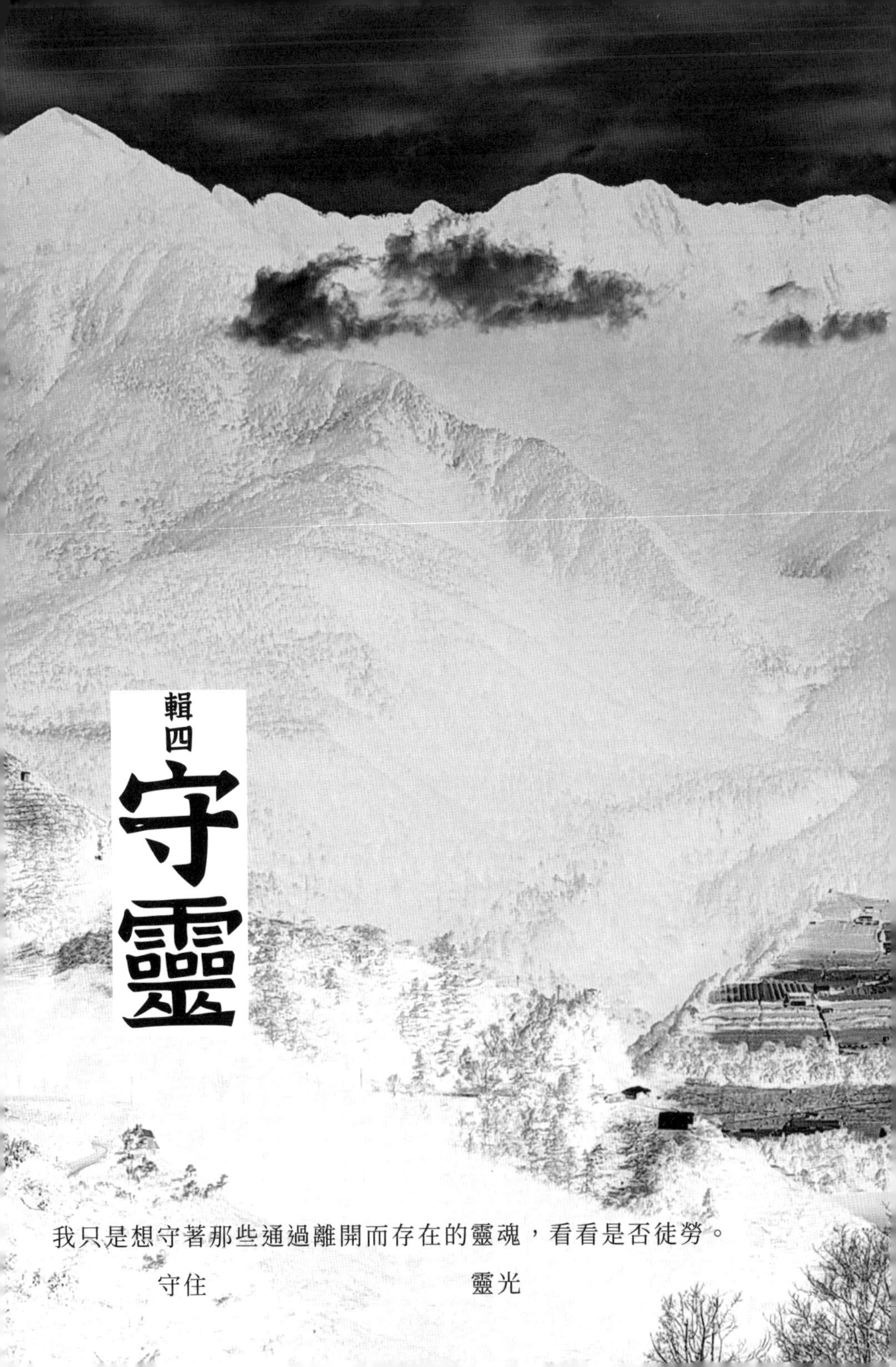

輯四 守靈

我只是想守著那些通過離開而存在的靈魂，看看是否徒勞。

守住　　　　　　　　　　　　靈光

行走在異度空間裡的泰雅人

在三條軸線中活著，
日夜的轉動讓萬物自由了一陣子。
直到親眼看到第一齣死亡誕生。

原來透過死亡，萬物方可擺脫現象。
最初的存有態被分離，依照善惡，分別去到兩個
與現實重疊的空間裡。
而時間又讓重疊有了對視的可能性。

在靈與人共生最遠處，
想像力的極限造成的空白，
都被造物主所填滿。
時間之外的、空間之外的，
所有的祈求都會到那裡。

血與水打造的鑰匙，
成為了溝通各空間的介質，
透過流動的各種譬喻，載著人的意志與歌謠穿過各界，
抵達非人與非靈之地。
而回應通常是將無序的歸還給有序，
有序的被給予無限。

泰雅人知道自己活在哪裡，也知道死在哪裡。
他們只是行走在自己的傳統領域裡。

小米——迷航

那裡本有驚喜的穗該迸出，
於安獵之地、在安獵之地。
卻此山，現已無孕，
只因木群放養的浮躁日光裡
一隊隊的獵人
接連遺失了耳垂。

嗜穀的飛禽剪開天空沿著

稻米被蒸餾／被釀製而造成的新的路
離開用剩飯醃著的遺址。
路旁有雲，
雲上有莖、有葉，
也只有莖、只有葉。

這條新的路上，
遠遠地就聽見婦女以節奏走來：
開墾、除草、播種、開墾、除草、播種……
男子背著一袋海島外的我，跟隨在旁：
開墾、除草、播種、開墾、除草、播種……
誰都看得出每一個人都終將落隊。
我怯懦地目送。

至山稜線時，有一把銹舊的獵槍，
對著遠方的海平線與更遠方的天際線
擊發了一袋又一袋的啞彈（已至少四袋）。
我很羨慕它，依然沒有停止它的
求救。

而我只是一次又一的迷航，
在星塵間等待一次揑搓。

泰雅喪禮

死亡將至，那人是知道的。
他用氣音告訴身旁的親友，小聲地不讓死亡聽見。
家裡升起狼煙，告知四界即將有死者降臨，
見煙的人都自發地揹著木柴走來，
只為再撫摸一次尚有溫度的身軀。

死亡找上他的時候，
他早已被溫柔地擺成蹲坐的姿勢，

部落裡的犬隻都被關起來，
以免吵到所有溫柔蹲坐的人。

死亡完成了道路以後，
不捨的人會開始哭著咒罵，青蛙、惡靈、蚯蚓、
閃電，而那些眼淚都可以盼得到雙向暢通的彩虹。

很快地，死者的一生被吟唱，名為哭泣的歌曲，
一起被埋葬在祂的床底下。
祂的臉一定是朝向家裡吃飯聊天的地方。
靠近祂的土會被壓實，只在表層放有平平的石頭。

我親手挖掘出來的泰雅喪禮到此便完成，它還保持著蹲坐的姿態，

死亡早已離它遠去。我用活著的角度去想：
不可能再有人能像它那樣死去了。

蹲姿

當我第一次看見那蹲姿，我便知道我已成為外人。

老者的披肩，
大地給予了並不亮麗的色澤，
最鮮豔的部分是真正的祕密。
圖騰排列在底部，像是電影裡的字幕，
無聲，卻賦予意義。
從脖子以下被鼓起的地方，是切斷

動作，以及接續動作的一個伏筆。

他使用蹲姿。並非蹲坐，
所有感官被放鬆，
眼神柔和、皺紋平緩、菸斗還活著，
都還在警戒，
像能暴起的凶獸，
被藏起來的，不只利爪與尖牙。

任何一陣風，只要吹紅了菸草，
他離開就是離開，
他留下就是留下，
死亡威脅不了他

死亡威脅不了他的
蹲姿。

戀愛

Piling 在吹口簧琴，
快速震動的簧片，訴說著他近期的心意。
認得這語言的同儕都來了，
原來他喜歡一個女孩。

Watan 拿出他的口簧琴，是比較低的嗓音，
笑問著是誰？
那頻率連身旁的石頭都一起笑開了。

Iyung 是他們中最幽默的，用嘴巴把簧聲咬出了形象。
那些字詞本來就歧異，在他的樂音裡又有更多想像。

他也問了是誰？

Payas 是最會吹奏，也是最會製作口簧琴的。
五個舌頭的口簧琴，他用一個舌頭駕馭。
他想知道是誰，就用一段比言談還要鮮明的旋律問了出來。

Piling 繼續彈著、說著。
慢慢地大家都看到他的眼神，往 Sayung 身上看去，
他的手肘，不斷地往 Yayut 的方向揮著，
他的拇指在彈奏中隱隱約約地往 Ali 身上送去，

他的膝蓋時有時無地往坐得比較遠的 Pasang 對齊，
他的腳趾往 Ciwas 那邊指著。

大家都知道是哪位女孩了，
伴奏七嘴八舌地響起，
兩位主角安靜了下來，
口簧琴握在手上，
青澀的戀愛在此時以密語的方式披露。

靈光

我等待著，
穿過芒草的穗，並撫摸其中的光。
在那裡有
臨溪的路，多圓石，向陽的那面明諭著滾落，
背陰的地方掖著光。

我等待著，
竹節頽喪傾倒，拾起時掉落了光。

四處張望
於林蔭裡，像鱗片的流光，切割著葉的歸屬，
刨刮著枝梢的囈語。

我等待著，
按壓香樟的肢體，試圖迸發更多的光。
側過身讓
有廢墟的一地垃圾，先走，土地在更早以前先走了，
聽說不久就要回來了。

我等待著，
小花蔓澤蘭搶過了綠意，恣意吸取著光。
輕輕哼著

有旋律的季風，拔了一搓非人的氣息，
攤開在採獵之人的眼前。

我等待著，
敬靈的人賦歸，閃耀著光。
蹲伏倚靠
尚能苟存的百年茄苳樹，在山的一隅，還有規範的地方，
等待著不再等待的日子。

夢占

解夢的人來到我夢裡。
（難道我也要被接去那無垠的獵場了嗎？）
他說沒那麼簡單，但他可以教我怎麼解夢。
（在夢裡學嗎？）
他拿出用於占卜的器具，念著古老的詞彙，完成一整套肅穆的解夢儀式。
（我竟然都聽得懂，想學。）

他說現在做的這個夢，無關吉凶，只是要呈現占卜的技術層面。

（那技術層面之外的呢？）

他說他已經來過好多次了，但我的問題每次都一樣。

（我不記得有做過這樣的夢！）

他說沒有夢，就沒有夢占。沒有夢占，就不需要知道技術層面以外的東西。

（可是我想知道。）

解夢的人笑了笑，他說只要我能記得這場夢，我自然就會知道了。

（我開始害怕忘記這場夢。）

他說不要害怕，我不可能忘記的，夢是深層集體潛意識的一道裂縫罷了。

（在胡說些什麼？）

……

解夢的人來到我夢裡，他說我又老一些。

（我們有見過嗎？）

……

……

舊葫蘆瓢

某日，與泛黃的舊葫蘆瓢，
我視為珍寶的。

用它舀水，奈何孔洞太多，
咕嚕咕嚕地漏著，順暢的字句，
我用嘴去接，渴望澆灌，
然而那些獨特的構詞與句法，
最後都成功從我的孔洞逃逸。

捧起葫蘆瓢，到它往日該有的高度，
我試著想像，它該長成怎樣、
寄予它樣貌的母藤該長成怎樣、
讓母藤有能力養育它的環境該長成怎樣？
葫蘆瓢本身已承載不了如此複雜的答案，
只是空洞地回望。

輕輕地我將葫蘆瓢覆在臉上，
理所當然它奪去我目中的光、
奪去我的歲月、智慧與自尊！
甚至是我的生命！
直到我以嘴唇親吻那凹處的底，

它才明白是我在汲取，而非
它在奪取。

我早就知道，有人已割走了葫蘆的靈魂，
留下的，是一個對世界已無用處；
乾枯無肉的；
像是在等待同類一樣地存在著；
被我視為珍寶的，
舊葫蘆瓢。

聽誰的

巨石，立在雲上，
搖搖欲墜。
人，自顧自活著。

家犬看著天空，
忠誠地向巨石吠了幾聲，
巨石沒有動過，當作耳邊風。

黑熊看著雲朵，
開心地向巨石吼了幾聲，
巨石沒有動過，當作耳邊風。

繡眼畫眉看著人們，
自然地叫了幾聲，
巨石掉了下來。
碎成了紅色白色的敬畏之心。

送客

對我們來說，喝酒要在早上。
酒喝完了就沒有了。

先喝清澈的酒、再喝甜的酒、
最後是喝對過水的淡酒。

但現在根本沒人知道這個規矩，
沒有人知道怎麼送客，全都變成主人了。

釀酒學

在為甕蓋上蓋子後，酒就有了靈魂，
只有開蓋後才知道是死是活、是好是壞。
像那隻在箱子裡的貓一樣。

我們可以通過口傳下來的生命經驗來預防出現壞結果，
第一點，釀酒的過程是不能讓任何人觀看的，但是勤勞的女人例外。
第二點，脾氣不好或是懶惰的人釀的酒會是酸的！
第三點，釀酒時，懷孕的人不能靠近。

第四點以下請逐點付費解鎖，所有收入都會捐給部落釀過酒的老人。

栓皮櫟

這棵樹，通常會在赤楊木抵達後，跟著來到，隨著時間而變得高大。
但不知道是誰發現的，只要不過分剝皮，他就不會死亡，只會活著。
於是這棵樹便開始傷痕累累地站著，而傷疤都變成了酒瓶的軟木塞。

茄苳樹

再怎麼貪婪，也別動來到你面前的那棵茄苳樹。
如果你什麼都不懂的話，這是邀你拒絕衰亡的一則箴言。

誰說的

Mrrhuw 是指傳統傳統家屋的中心柱。那是在建造傳統家屋時，必須審慎選擇木材、仔細加工並精準立起的一個重要建築。

（加上）

Mr'ruw 是指將土踩踏得實。

（的概念後），

Mrhuw 是指族內長老、耆老的意思。

關於這些詞，你可以說我的拼寫系統有問題，或拼得不對。

但你最好別質疑這其中的邏輯以及字意，因為這是 Mrhuw 告訴我的。

采風隨筆集

〈枒之歌〉

雲扶著山稜慢慢／風在花瓣與草根之間慢慢／石頭在溪裡慢慢／獸慢慢／鳥慢慢／魚慢慢／

慢慢、默默、慢慢、默默……

他們聽見／又有一塊／啞巴的屍體／說了再見。

〈魔性之歌〉

還活著的時候沒有聲音，
卻不小心打出了黑白泛黃的噴嚏，
遂被檢視為
美好、古老、神祕、通靈、野蠻、叢林
的魔性之歌。

〈石之歌〉

那滾下山去的石本要進入下一個五千年的沉睡，
卻滾進了司法程序。
它很懷疑：上一個五千年，沒有犯法啊？

〈檳榔之歌〉

離鄉啊！歸鄉咿！
啊、咿、啊、咿、啊、咿、啊、咿、
山上的特仔，
在都市裡剩檳榔渣。

〈水泥之歌〉

夜晚比蟬聲滯悶，
離鄉的模樣是一場接龍，
可以接到只剩一幢光氤，
在裡頭把自己燒了，遞出去，

直到時針與分針都綁好了腿飾，
便離開，
盛夏的夜晚有盛開的蟬聲。

白晝比鳥獸嗜血，
在未完成的結構裡頭傾倒，
四層樓以上的地方沒有舞圈，
承認吧！遠方都是故鄉，周身都是腳印，
等到分針與秒針開始領唱，
便離開，
盛夏的白晝有盛開的鳥獸。

註

舊葫蘆瓢：布農語中用葫蘆瓢來譬喻割回來的人頭。讀卜袞所寫布農語詩有感。

後記

終於是出版了。

在好多年以前，大概是二〇一幾年的時候，我就在臉書上發了一篇短文，雖已無法逐字的記起（也懶得翻網頁），但其核心概念依舊清晰於我的腦海裡：「要活得像魚刺一樣，鯁住他們的喉嚨。」這裡的他們，就跟本書裡面的他者、他族、異族是一樣的意思。而整句話的意思其實是在鞭策自己，不要被殖民的太徹底外，還要有餘力可以讓生活在假象裡的人們感受到真相所帶來的不舒服。這樣的想法在好多年以後終於以詩作的方式呈現出來，那些戲謔或是嘲諷的筆法，也都是為了有這樣目標才確立的。而要哽住的對象不只是殖民者，也同時是被殖民但幻想已解殖的人們。

原住民文學，是我在創作過程中給予我一個成長空間的文學領域。但越是創作，就越能感受到被歸類在這裡頭的作品有越來越矛盾的現象。說起來，原住民文學的定義本來就是模糊的。可以以作者血緣論，也可以以作品元素論，也可以以語言來論，但是不管怎麼論，總是會有漏洞。目前我較能接受的就是先不以血緣或元素論，而以原住民族為主體性出發的創作來討論，便是我所能接受的原住民文學，但在此之上我又想要再多加些什麼，讓這樣的創作可以再更有厚度跟深度。那就是參照台灣鄉土文學論戰裡面的「橫的移植與縱的繼承」的觀點。很明顯的，在橫的移植上面，作為現代台灣島上原住民族的一員，我們可以移植的除了西洋文學外，連日本、中國或是台灣本土文學都可以去借鑑去移植，但縱的繼承在哪裡？這會是區分出原住民文學與其他文學很重要的一點，就是從族群經典裡去繼承去臨摹。而族群經典是什麼？可以是傳說，可以是古調，可以是族語中所使用的譬喻系統，更可以是族群內部共享的生活經驗。這些都是我們可以從祖先在這座島上生存的歷史脈絡中繼承下來，再用現代口吻、筆法或視角再重新述說的「經典」。在此次收錄的作品當中，有泰雅族也有布農族的族群經典，都是從我的生命經驗中去擷取並轉化出來的。如果看不出來的話，也沒關係，就是吞了一根魚刺而已。

在這次的作品裡也有很多要跟前輩作家們致敬的地方，不管是在原運時代為了議題發聲而吶喊的作品，還是在抵抗殖民所做的從主體性出發的作品，都是培養我在這個時代還相信可以用詩的方式跟主流文學界對話的養分。所以在諸多作品上也會有相似或是模仿的筆法出現，這也是我在文學繼承上想要去展現的一點。

最後，我要感謝的人有很多，感謝我的母親，她教會我如何述說故事，感謝我的父親，他教會我要如何觀察生活周遭的一切。雖然他們無法看到這本書的誕生，但慶幸他們已不會看到我的消亡。

感謝我的舅舅卜袞．伊斯瑪哈單．伊斯立端，他把布農族的經典帶進我的生活裡。感謝尤巴斯．瓦旦，他將所記錄下來的我的泰雅族經典傳遞給我，也感謝我的部落，新佳陽部落。

感謝在創作這本書期間幫忙過我的人，觸發我靈感的人，部落的人，家人，年輕的詩人，年老的詩人，台灣的詩人，原住民族詩人。也感謝我的編輯祿存，第一次出版，諸多荒謬事蹟，感謝鼎力相助。

鯁集　Khu Ka Qaraw Qulih

Temu Suyan

化有限公司　雙囍出版
輯　簡欣彥｜副總編輯　簡伯儒｜
輯　廖祿存｜行銷企劃　曾羽彤｜
力　高蔣邦慈｜裝幀設計　朱疋

堡壘文化有限公司　雙囍出版
遠足文化事業股份有限公司（讀書共和國出版集團）
231 新北市新店區民權路 108-2 號 9 樓
02-22181417
l　service@bookrep.com.tw
號　19504465 遠足文化事業股份有限公司
http://www.bookrep.com.tw
問　華洋法律事務所　蘇文生律師
中原造像股份有限公司
刷　2023 年 11 月
400 元
：978-626-97933-0-3
N：9786269759392(PDF)　9786269759385 (EPUB)

財團法人原住民族文化事業基金會出版補助

財團法人
原住民族文化事業基金會
Indigenous Peoples Cultural Foundation
TITV 16
Alian 96.3
原住民族電視台 & 原住民族廣播電台
Taiwan Indigenous TV & FM96.3 Alian Radio

國家圖書館出版品預行編目 (CIP) 資料

骨鯁集 = Khu Ka Qaraw Qulih/ 黃璽 (Temu Suyan) 著 . -- 初版 . -- 新北市：堡壘文化有限公司雙囍出版：遠足文化事業股份有限公司發行, 2023.11　面；　公分 . -- (雙囍文學；19)
ISBN 978-626-97933-0-3(平裝)
863.851　　112017217